RAPPORT

SUR LA

MISSION REMPLIE EN RUSSIE

PAR

MM. HARDY & MICHOT

En Juin 1896

PARIS

IMPRIMERIE V° ÉTHIOU PÉROU

RUE DE DAMIETTE, 2, 4 ET 4 BIS

—

1896

DESCRIPTION TOPOGRAPHIQUE

DES

Propriétés de la Société des Mines de BIÉLAIA

Les propriétés de la **Société des Mines de Biélaïa**, sont situées à la limite Nord du bassin houiller du Donetz, à 24 kilomètres de Lougansk et à 17 kil. 1/2 de la rivière Donetz.

Elles sont traversées sur toute leur largeur, près de leur limite Nord, par le Chemin de fer de Debaltsewo à Lougansk; la station de Biélaïa située à l'Ouest en dehors de ses limites en est éloignée d'environ 1 kilomètre.

La surface est d'après les documents qui nous ont été communiqués de 3,906 déciatines, savoir :

La domaine Kouteinikof	3.345 déciat.	»	
La domaine Kovalevsky	231 —	1680 sag.	
La terre louée aux paysans pour 30 ans. . .	335 —		
Total	3.906 déciat.	1680 sag.	

soit environ 4,300 hectares.

La rivière Biélaïa traverse le domaine de l'Ouest à l'Est et le divise en deux parties sensiblement égales. Au Nord de cette rivière le sol s'élève par plates-formes successives, d'abord rapidement, ensuite en pente douce pour arriver au Chemin de fer à une altitude supérieure d'environ 70 à 80 mètres à celle de la rivière.

Dans la partie Sud, la pente est plus faible et plus régulière.

Le sol en est très fertile, la partie Sud et les plateaux supérieurs du Nord sont livrés à la culture.

Le fonds des ravins est très boisé, la surface occupée par ces bois et d'après le plan qui nous a été soumis serait de 150 hectares (*ce chiffre nous paraît exagéré.*)

Le produit des locations diverses est d'environ 9,000 roubles par an.

La rivière Biélaïa ne tarit jamais ; un jaugeage fait à la fin du mois de Juillet de l'année dernière, à 25 kilomètres en amont de la propriété, a accusé un débit de 28,000 mètres cubes d'eau par jour.

DESCRIPTION GÉOLOGIQUE

Le terrain houiller de cette région appartient à la formation moyenne du bassin du Donetz, il renferme des charbons à coke de première qualité. Les couches y sont généralement fortement inclinées et moins régulières d'allure que dans les autres parties du bassin.

Les terrains y sont formés d'assises alternantes de grès, de schistes, de houille et de calcaire ; ces derniers ont bien mieux résisté aux agents atmosphériques que le reste de la formation ; leurs affleurements forment à la surface des arêtes saillantes qui dessinent très nettement l'allure du gisement.

Au Nord le terrain houiller s'enfonce sous la craie supérieure qui recouvre une partie de la propriété.

ÉTUDE DES COUCHES. — *Richesse des Couches*. — Les régions situées au Nord et au Sud de la Biélaïa diffèrent topographiquement l'une de l'autre, nous étudierons pour chacune d'elles l'allure des couches et la richesse du gisement, nous examinerons ensuite les relations qui relient ces couches entre elles.

Dans la partie Nord il n'a jamais été fait d'exploitation ; des tranchées de 2 à 3 mètres de profondeur ont seules permis de constater la présence des affleurements des couches dont l'allure générale est nettement indiquée par les crêtes calcaires dont il vient d'être parlé. Ce n'est que par l'étude des veines exploitées et reconnues par le prince Dolgorouky sur sa propriété à l'Ouest de la concession de Biélaïa, que l'on peut se rendre compte de la nature et de la richesse du gisement.

On exploite sur cette propriété par un puits central, quatre couches qui en allant du Sud au Nord, se présentent dans l'ordre suivant :

	NOMS DES COUCHES	PUISSANCE UTILE	DISTANCE HORIZONTALE DES COUCHES
N° 1	Millionne.	0^m.90 en 3 sillons.	26 mètres.
N° 2	Marie-Sergiesvki . . .	0^m,82 en 1 sillon.	98 mètres.
N° 3	Almaznaïa	0^m,55	46 mètres.
N° 4	Barnoslavnia	0^m,70	

Avec une direction générale Est-Ouest et une pente moyenne de 40° Nord.

De plus, à 300 mètres environ au Nord de la couche Barnoslavnia, on a découvert, par une série de petits puits, trois veines de charbon ; nous avons relevé les épaisseurs suivantes :

	ÉPAISSEUR UTILE	DISTANCE HORIZONTALE DES COUCHES
N° 5	0^m,75	18 mètres.
N° 6	0^m.70	60 mètres.
N° 7	0^m,90	

Elles ont une direction Est-Ouest et une pente de 70° Nord,

Toutes ces couches ont leurs affleurements parfaitement reconnus chez le prince Dolgorouky.

Entre ces affleurements, les calcaires forment des arêtes très visibles à la surface.

Si on suit ces arêtes en s'avançant vers l'Est, on les voit pénétrer en conservant leur parallélisme et leur régularité sur le domaine de Biélaïa.

On peut les suivre, notamment les supérieures, sur toute la largeur de la propriété, soit sur une longueur de 4,5 à 5 kilomètres. Elles ont une direction régulière sensiblement Est-Ouest, avec une pente Nord qui s'accentue en avançant vers l'Est pour arriver à une inclinaison moyenne de 70°. Ces arêtes ne sont interrompues que par quelques ravins au delà desquels on les retrouve toujours sur le même alignement.

Il est donc certain que les veines exploitées et reconnues chez le prince Dolgorouky, traversent la propriété Kouteinikoff.

D'ailleurs les tranchées faites au centre et à l'extrémité Est de la propriété ont mis à découvert un grand nombre d'affleurements que l'on peut raccorder exactement, grâce à la constitution spéciale de la couche Millionne, avec le groupe Dolgorouky.

En effet, la couche Millionne présente dans cette dernière mine la coupe suivante:

TOIT

Charbon	0.15
Schiste	0.10
Charbon	0.35
Schiste	0.12
Charbon	0.40

MUR

Elle constitue par sa composition spéciale un excellent horizon géologique.

Or, dans la tranchée $A\ B$ on trouve à la place indiquée pour la couche Millionne par les crêtes calcaires un affleurement dont la coupe est la suivante :

TOIT

Charbon	0.20
Schiste	0.11
Charbon	0.35
Schiste	0.12
Charbon	0.52

MUR

et dans la tranchée $C\,D$, sur le même alignement Est-Ouest, un affleurement dont voici la coupe :

TOIT

Charbon	0.12
Schiste	0.10
Charbon	0.43
Schiste	0.11
Charbon	0.54

MUR

Ces deux affleurements appartiennent indubitablement à la même couche qui ne fait qu'une avec la couche Millionne.

D'autre part, dans la tranchée $A\,B$, on voit au Nord de Millionne trois affleurements dont les épaisseurs et les distances horizontales sont :

Epaisseurs	Distances horizontales des veines
0.80	$29^m,80$ de Millionne.
1 »	$89^m,$ » de la première.
0.70	$64^m,$ » de la deuxième.

Ces veines constituent vraisemblablement avec Millionne le groupe des quatre couches exploitées par le prince Dolgorouky.

Les recherches au Nord ont été incomplètes et n'ont donné aucun résultat positif, mais la parfaite régularité des arêtes calcaires ne laisse aucun doute du passage des couches 5, 6, 7 sur le domaine Biélaïa.

D'ailleurs on retrouve ces couches à l'Est de la propriété, dans son voisinage sur le domaine d'Ixkule, où elles ont été exploitées par les paysans (Ces travaux sont aujourd'hui abandonnés).

En outre, il nous a été affirmé que la tranchée AB a mis à nu à 120 mètres au Sud de Millionne les affleurements d'un groupe de trois couches dont les épaisseurs sont $a = 0^m,90$; $b = 0^m,66$; $c = 0^m,65$.

Nous n'avons pas vu ces trois affleurements. les tranchées étaient comblées et n'ont pu être réouvertes pendant notre séjour à Biélaïa.

Nous n'en tiendrons pas compte dans le calcul de la richesse du gisement; mais, étant donnée l'autorité des personnes qui nous ont dit les avoir vues, nous sommes amenés à tenir leur présence comme certaine.

En résumé, il résulte pour nous de cette étude, la certitude que la partie Nord renferme au minimum les sept couches suivantes :

Groupe exploité par le Prince Dolgorouky	n° 1. — Millionne.	$0^m,90$	en 3 sillons.
	n° 2. — Marie-Sergievsky	0 82	en 1 sillon.
	n° 3. — Almaznaïa	0 55	—
	n° 4. — Barnoslavnia	0 71	—
Groupe reconnu au Nord de Barnoslavnia	n° 5	0 75	—
	n° 6	0 70	—
	n° 7	0 90	—
	Puissance totale	$5^m,33$	

Nous y ajoutons, pour mémoire :

Groupe de 3 couches
au Sud
de Millionne

a . . . . $0^m,80$
b 0 66
c 0 65

Total . . . . . $2^m,11$

Ces couches ont une direction sensiblement Est-Ouest, leur pente est en moyenne de 70° Nord ; elles ont généralement un bon toit et un bon mur.

Aucune indication ne permet de préjuger comment ce gisement se comporte en profondeur, la craie qui recouvre la partie Nord de la propriété ne permet pas de suivre les variations de pente des assises houillères.

Nous supposerons dans nos calculs que la pente de 70° se continue jusqu'à 500 mètres de profondeur ; c'est le cas le plus défavorable.

Dans ces conditions, nous trouvons que jusqu'à cette profondeur de 500 mètres, déduction faite de 30 % du tonnage théorique pour tenir compte des failles et accidents divers, la richesse en houille est de : 13,850,000 tonnes sans tenir compte du groupe a, b, c et de 17,350,000 tonnes en tenant compte de ce groupe.

RÉGION SUD. — Au Sud de la Biélaia le gisement diffère complètement du précédent :

Il se compose de 5 couches qui, classées du Nord au Sud, sont :

A n° 1 . . $0^m,52$ en un sillon.
B n° 2 . . 0 55 —
C n° 3 . . 1 06 en deux sillons séparés par trois
centimètres de terre.
D n° 4 . . 0 54 en un sillon.
E n° 5 . . 0 85 —

La couche n° 1 a été exploitée à l'Ouest par les paysans et par M. Kovalevsky ; elle a une puissance de $0^m,55$ en deux sillons et un faux-mur de $0^m,15$. Les travaux sont abandonnés. Elle est, paraît-il, d'une exploitation peu fructueuse ; nous la considérons comme inexploitable et n'en parlons que pour mémoire.

Les couches 2 et 3 sont très voisines l'une de l'autre, elles ont été exploitées à l'Ouest par les paysans jusqu'à vingt mètres de profondeur, les travaux ont été arrêtés par suite de venue d'eau.

Nous avons vu ces veines dans des recherches faites en E et en F et poussées jusqu'à 7 à 8 mètres de profondeur. Elles sont belles, surtout la couche n° 3 ; leur direction en ces points est Est-Ouest, leur pente 45° Sud ; elles ont bon toit et bon mur.

La couche 4 est exploitée dans la partie Est du domaine de la Société par plusieurs petits puits ; elle a $0^m,54$ d'épaisseur en un sillon, une direction N.-N.-O., une pente de 12° Est.

La couche 5 est exploitée par la baronne Perchine, par des puits situés à 500 mètres à l'Est de la propriété ; nous n'avons pu la voir, les travaux étant inondés lors de notre passage.

Les couches 4 et 5 ne sont pas visibles sur la partie Sud du domaine de Biélaïa, mais la continuité des bancs calcaires ne permet pas de douter de leur présence.

Les crêtes calcaires et de grès durs accusent en partant de l'Ouest une direction Ouest-Est sur une longueur de 4 1/2 à 5 kilomètres avec une pente moyenne de 45° Sud. A cette distance des limites Ouest de la propriété, l'allure des terrains change brusquement, les bancs prennent la direction N.-N.-O. avec une pente moyenne Est de 12° ; ils reprennent ensuite la direction Est-Ouest et tournent d'une façon mal définie vers l'Ouest dans le voisinage de la rivière.

Ce faisceau est plus accidenté que le faisceau Nord. Il est traversé par plusieurs failles, notamment dans la partie redressée selon la direction N.-N.-O.

Le tonnage disponible de cette région est, jusqu'à la profondeur de 500 mètres (en déduisant 40 °/₀ du tonnage théorique, et en ne tenant pas compte de ce qui peut rester à déhouiller à l'Est dans la couche Goliane), de 10,530,000 tonnes.

On a pour l'ensemble de la propriété le tonnage utile suivant :

Région *Nord*.	13.850.000	tonnes.
— *Sud*	10.530.000	»
Total.	24.380.000	tonnes.

Ce chiffre est un *minimum*.

Nous avons remis aux laboratoires des aciéries de Denain et de Mont-Saint-Martin huit échantillons de ces charbons pour en faire les analyses.

Les résultats obtenus par le laboratoire de Mont-Saint-Martin nous sont seuls parvenus au moment où nous écrivions ces lignes.

Nous les donnons ci-dessous :

			CENDRES	MATIÈRES VOLATILES
Groupe du NORD. .	Millionne. . . .	Sillon du toit . . .	2.20	41.00
		Sillon du mur.. . .	15.25	34.50
	Marie-Sergievsky		3.80	38.90
	Almaznaïa		5.70	35.00
	Barnoslavnia . .	Tout venant. . . .	13.00	32.50
		Menu.	9.50	32.90
Groupe du SUD . .	N° 3		2.20	34.50
	Perchine.		2.40	27.00
				Extrait depuis 4 mois.

Ce sont d'excellents charbons pour gazogènes.

Malgré leur teneur élevée en matières volatiles, ils donnent du coke de bonne qualité, ainsi que nous avons pu le constater chez le prince Dolgorouky pour les veines du Nord, et chez M. Goliane pour les couches

du Sud; nous avons vu du coke qui, quoique fabriqué dans des stalles à
ciel ouvert, était très dur et très résistant.

Les analyses montrent que le faisceau Nord et le faisceau Sud appartiennent à la même formation. L'examen des affleurements, de leur direction
et de leur pente, notamment de ceux de la partie Est de la région Sud,
nous amènent à penser que le groupe de couches du Sud est voisin, mais
inférieur à celui des couches du Nord, et qu'on doit le rencontrer dans la
région Nord.

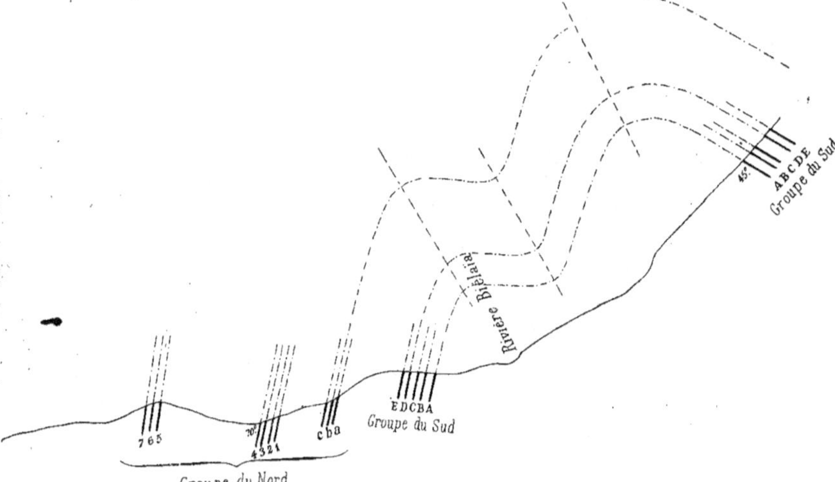

Les terrains ont dû être repliés en dos-d'âne plus ou moins irrégulier,
comme l'indique le croquis ci-dessus, la partie pointillée a été enlevée lors
de la formation de la vallée.

Ce plissement a probablement donné naissance à de nombreuses cassures
d'où sont résultées les failles signalées au Sud-Est.

Ce dos-d'âne, fortement incliné de l'Ouest à l'Est, a laissé pour trace à
sa rencontre avec la surface actuelle du sol l'allure modifiée et un peu tour-
mentée que nous avons signalée à l'Est du Midi de la propriété.

Les affleurements qui dans le voisinage de la rivière sont mal définis doivent se replier vers l'Ouest et suivre une ligne parallèle à ceux du faisceau Nord. Ils doivent se trouver sous les argiles qui forment le fond de la vallée. (*Voir le plan ci-joint.*)

Le groupe des veines du Midi passerait donc dans la partie Nord au Sud des couches déjà reconnues. Cette hypothèse est conforme à l'opinion des vieux mineurs du pays qui prétendent que la couche Perchine passe au Nord de la rivière.

Les couches du Sud ne peuvent se confondre au Nord avec celles déjà reconnues dans cette région, elles passent nécessairement au-dessous du groupe Millionne et leurs épaisseurs et leurs distances relatives les différencient nettement du groupe (a, b, c) ; elles forment donc un groupe indépendant des précédents.

Le passage du faisceau Sud dans la région du Nord augmente la richesse de cette partie du domaine de trois mètres de puissance utile.

Cette région contiendrait donc, compris le faisceau (a, b, c), quinze couches exploitables.

Malgré la vraisemblance de cette hypothèse, comme nous n'avons pas constaté matériellement son exactitude, nous n'en n'avons pas tenu compte dans le calcul de la richesse du gisement.

Le faisceau du Nord doit se rencontrer au Sud du groupe du Midi mais très probablement au voisinage des limites de la propriété de Biélaïa.

Il existe vraisemblablement d'autres couches exploitables au-dessous de la veine A ; de même qu'au Nord de la propriété on peut espérer rencontrer des veines affleurant sous la formation crétacée.

PERSONNEL OUVRIER. — Les ouvriers sont dociles, adroits, bons charpentiers ; ils se mettent facilement au courant de leur travail.

Leur recrutement sera facile.

La vallée de la Biélaïa est relativement très peuplée, quatre villages sont situés sur les propriétés de la Société anonyme de Biélaïa ou à ses limites; ils pourront fournir une partie du personnel nécessaire; d'ailleurs, une émigration constante amène des ouvriers du Nord de la Russie vers le Sud.

Les salaires des ouvriers mineurs sont sensiblement les mêmes qu'en Belgique. Voici quelques chiffres extraits du Carnet d'une Compagnie voisine :

L'ouvrier à la veine, à la tâche, gagne 1 r. 80 par jour.

    —   —   à la journée, —   1 » 50   —

Le hercheur. . . . .   1 » 10   —

Le manœuvre de cour. . . . . . .   0 » 80

Le rendement moyen du piqueur est de trois à quatre tonnes en dressant.

Le rendement moyen par homme du fond est de. . . . . 818 kil.

    —   —   —   — et jour est de. . 688 kil.

Le ouvriers fournissent leurs outils.

Les fêtes sont nombreuses, le nombre des jours de travail n'est que de 220 à 240 par an.

ÉPUISEMENT. — Le terrain houiller est en général recouvert d'une forte couche d'argile qui arrête l'infiltration des eaux de surface. Par contre, les bancs calcaires sont perméables et donnent souvent lieu à d'assez fortes venues d'eau.

L'épuisement se fait généralement, dans les mines ayant un certain développement, par des machines du type Tangye plus ou moins perfectionnées. Nous pensons qu'au début d'une exploitation on peut faire l'économie de cette dispendieuse installation et épuiser les eaux de la mine par les machines d'extraction au moyen de tonnes à eau.

AÉRAGE. — L'aérage naturel est employé dans la plupart des mines de peu de profondeur, il est souvent très défectueux et complètement insuffisant. Les mines bien outillées, soucieuses du bien-être et surtout du bon rendement du personnel ouvrier, se servent de ventilateurs. Ces derniers deviennent absolument nécessaires quand les exploitations ont pris un grand développement.

MISE EN VALEUR DU GISEMENT. — Pour mettre en valeur ce gisement, il est nécessaire de créer deux sièges d'exploitation, l'un dans la région Nord, l'autre dans la région Sud.

Ces sièges comprendront chacun deux puits de petite section (1,800 × 2,000) munis de compartiments à échelles.

On emploiera des cages à deux étages, à un wagon par étage. Ils seront munis de machines assez puissantes pour suffire aux besoins de l'exploitation à des profondeurs de 4 à 500 mètres.

L'un des puits servira exclusivement à l'extraction du charbon ; l'autre sera employé à l'aérage, la circulation du personnel, la descente des bois et entre temps à l'extraction.

Chaque siège sera muni d'une installation d'air comprimé indispensable pour donner aux travaux une activité suffisante. L'aérage sera fait par ventilateur.

Un atelier de criblage, nettoyage et lavage unique centralisera les charbons des deux sièges d'exploitation ; il sera placé près des puits du Nord. Le lavoir devra pouvoir traiter 500 tonnes par jour.

Un petit chemin de fer à câble flottant réunira les deux sièges d'exploitation pour permettre le transport économique des charbons du siège Sud à l'atelier de criblage.

La position du siège Nord devra être choisie sensiblement au centre de la ligne des affleurements, au nord de celle-ci, en un point tel que l'ouverture des puits soit au niveau de la plate-forme supérieure des hauts-fourneaux.

Une étude plus complète du gisement Sud est nécessaire pour déterminer même approximativement la position du deuxième siège d'exploitation ; ce siège devra dans tous les cas être établi sur les propriétés de la Société et non sur les terres louées aux paysans. Cette étude amènera peut-être, pour la partie Sud, un changement dans le programme ci-dessus, mais la dépense prévue ne sera pas dépassée.

Ces installations seront suffisantes pour extraire au minimum de 3 à 400,000 tonnes par an ; elles coûteront :

INSTALLATION AU JOUR

2 châssis à molettes et leurs bâtiments. . R.	20.000
2 machines d'extraction (300 chevaux) et bâtiments.	50.000
Chaudières, épuration d'eau, alimentation, bâtiments	72.000
Ventilateur, sa machine et son bâtiment . .	10.000
6 cages à 600 r. l'une	3.600
Estacades	5.000
Câbles, divers	10.000
Compresseur d'air, réservoirs, tuyauterie, bâtiments.	18.000

R. —————— 188.600

INSTALLATION AU FOND

2 puits de 125^m à 300 r. la sagène, guidage compris . . . . R.	35.960
Chambres d'accrochage	10.000
Galeries à travers bancs	8.000
100 wagonnets	5.000
Rails de mine, divers	10.000

68.960

Total pour un siège . . . . . R. 257.560

Deuxième siège	257.560
Petit chemin de fer reliant les deux sièges	50 000
Triage et lavoir	100.000

Total . . . . . R. 665.120

Soit : **1.769.299** francs.

Le siège Nord ainsi que l'usine à créer devront être reliés par un chemin de fer à la gare de Biélaïa. Bien que cette gare soit située en dehors de la propriété, il ne sera pas nécessaire d'acheter des terrains pour faire ce raccordement ; on obtiendra facilement la permission de passer sur la zone que possède l'État de chaque côté de la voie.

La gare des marchandises est au Nord de la voie, il faudra obtenir d'en établir une au Sud pour éviter les frais considérables qu'entraînerait le passage de l'embranchement au-dessus du chemin de fer de l'État.

Il faudra de plus construire des maisons pour les employés et les ouvriers. Ces dépenses seront évaluées plus loin.

PRIX DE REVIENT DE LA HOUILLE

Le prix de revient de la houille s'établit comme suit :

TRAVAUX DU FOND

Surveillance.	K.	0.18	le poud.
Abatage et boisage		1.05	—
Remblayage		0.19	—
Transports au fond		0.30	—
Ouvertures des galeries		0.54	—
Réparations et entretien		0.25	—
Travaux de préparation		0.18	—
	K. ——	2.69 le poud.	

TRAVAUX DU JOUR

Extraction, nettoyage, criblage, etc. . .		0.30	—
Épuisement et ventilation		0.13	—
Divers.		0.35	—
	K ——	0.78	—
Total. . . . . . K.		3.47 le poud.	
Frais généraux . .		1 » —	
Total général . K.		4.47 le poud.	

Soit 4^k,50 le poud, ou :

$$4{,}50 \times 61 \times 2.66 = 7 \text{ fr. } 29 \text{ c. la tonne.}$$

Soit : **7 fr. 50** la tonne.

Nous faisons remarquer que la mine devant être liée à une usine, le prix de revient du charbon n'aura qu'une faible partie des frais généraux d'administration et de direction à supporter.

La Société devant consommer la plus grande partie de sa production, l'exploitation de la mine n'aura pas de frais commerciaux à sa charge.

FOURS A COKE

Pour satisfaire aux besoins de l'usine à créer il faut environ 200 tonnes de coke par jour. Cette production comporte l'installation de deux batteries de cinquante fours chacune.

Chaque four devra fournir quatre tonnes de coke par quarante-huit heures, soit deux tonnes par jour.

La récupération de la chaleur perdue entraîne la construction de deux groupes de chaudières présentant 10 mètres carrés de surface de chauffe par four, soit 1,000 mètres carrés de surface de chauffe pour l'ensemble de l'installation.

Cette installation coûtera :

2 batteries de 50 fours à coke, atelier de broyaye, défour-
neuses, etc. . . . . R.   350.000 »

1,000 mètres carrés chaudières, épuration des eaux,
pompes alimentaires, bâtiments, cheminées, etc. . . 110.000 »

Total . . . . . R . . 460.000 »

Soit : 460,000 × 2 fr. 66 = **1,223,000** francs.

PRIX DE REVIENT DU COKE

Si nous admettons un rendement moyen de 68 °/₀, le prix de revient du coke pourra s'établir comme suit :

Rendement 68 °/₀, soit 4ᵏ,5 × 1.450 = . R.   6.525 le poud.

Lavage . . . .   0.50   —

Fabrication et amortissement . . . .   1.20   —

Total . . . . R.   8.225 le poud.

ou encore 8,225 × 1,62 = 13 fr. 324 la tonne.

Soit : **13 fr. 50** la tonne.

Nota. — Pour avoir le prix de la tonne en francs, il faut multiplier le prix du poud en kopecks par 1,62 (le rouble crédit valant 2 fr. 66 c.).

MINERAIS DE FER

Les minerais de fer sont abondants dans le voisinage de Biélaïa. Ce sont des hématites brunes et des limonites contenant de 35 à 50 °/₀ de fer, formées par minéralisation de la tête des bancs calcaires de certaines parties du terrain houiller. Cette minéralisation s'étend jusqu'à 30 mètres de profondeur en moyenne.

Près de la gare de Manoulowka, à 30 kilomètres environ de la gare de Biélaïa, dans une propriété de la Société Houillère de la Russie Méridionale, on a reconnu huit couches de ces minerais ; elles ont une épaisseur moyenne de 0ᵐ,80 ; on les suit plus ou moins régulièrement sur plus de 45 kilomètres à droite et à gauche de cette propriété.

D'autres gisements très nombreux, peu explorés, sont échelonnés sur plus de 150 kilomètres sur une zone placée sensiblement dans l'axe du bassin anthracifère.

Ce minerai pris sur place est payé aux paysans qui l'exploitent, droit d'extraction compris . . . . R. 3 » le poud.

Le transport par chariot à la gare, dans un rayon de
10 kilomètres, coûte. . . . . 1 » —

La mise en wagon coûte. . . . . 0.23 —

TOTAL . . . . R. 4.23 le poud.

ou bien encore 4,23 × 1,62 = 6 fr. 75 c.

Soit : **7** francs la tonne à la gare expéditrice.

Les analyses suivantes donnent la composition d'un échantillon de ces minerais pris à la gare de Manoulowka :

ANALYSE FAITE A MONT-SAINT-MARTIN

PERTE AU FEU	Si O^2	$Al^2 O^3$	$Fe^2 O^3$	$Mn^3 O^4$	Ca O	TOTAL	FER	Mn
11.52	15.95	1.36	68.2	2.29	0.78	99.92	47.61	1.65

NOTA. — Ces minerais pourraient être employés dans une faible proportion avec des minerais plus purs.

La gare de Biélaïa est à 571 verstes des mines de Krivoï-Rog. Le prix de transport à Biélaïa est de 7^k,5 le poud, soit . . . Fr. 12.15 la tonne.

Le prix d'achat du minerai de Krivoï-Rog sera . . . 10.50 —

TOTAL . . . . Fr. 22.65 la tonne.

Soit : **23** francs la tonne à Biélaïa.

Cette gare sera à 290 verstes des gisements de fer magnétique de Khorsak-Maghila quand la ligne de Berdiansk vers le chemin de fer Catherine sera exécutée.

Il existe dans le Midi de la Russie d'autres gisements de fer, mais ils présentent pour le moment moins d'intérêt pour Biélaïa que les précédents.

MINERAIS DE MANGANÈSE

Dans la vallée du Dniéper, près d'Ekaterinoslaw, on exploite d'abondants minerais manganésés, contenant 25 °/₀ de manganèse.

Plus au Sud, sur le Dniéper inférieur, près de Nicopol, il existe des gisements importants de ces minerais contenant de 40 à 50 °/₀ de métal. Malgré la présence de ces mines dans le Donetz, la principale provenance des minerais de manganèse est encore le Caucase, qui expédie de très grandes quantités par le port de Poti.

CASTINE. — La castine abonde sur les propriétés de Biélaïa ; des bancs atteignent jusqu'à 50 mètres de puissance.

SITUATION COMMERCIALE DE LA RUSSIE

HOUILLE. — La production du bassin du Donetz a plus que quintuplé dans les quinze dernières années; elle a passé de 600,000 tonnes en 1879-1880 à 3,360,000 tonnes en 1893-1894.

L'extraction des cinq dernières années a été de :

1890-1891	2.060.000	tonnes.
1891-1892	2.530.000	—
1892-1893	2.800.000	—
1893-1894	3.360.000	—
1894-1895	»	—

Nous ne connaissons pas la production de 1894-1895; il est vraisemblable qu'elle est supérieure à 4,000,000 de tonnes.

Cette marche ascendante tend à s'accentuer non seulement par le développement normal des mines exploitées, mais encore par la mise en exploitation de vastes propriétés appartenant à des Compagnies puissantes qui s'apprêtent à jeter sur le marché un tonnage considérable. (Ces Sociétés nouvelles constituées en 1894-1895, représentent un capital de 61,000,000 fr.)

Il est à craindre que, malgré l'extraordinaire développement que prend l'industrie dans la région du Donetz, l'accroissement de la production marche plus vite que l'augmentation des demandes; d'autant plus que les houillères du Donetz ont à lutter dans une certaine partie de la Russie, contre la concurrence très vive que leur font les résidus de pétrole.

Il a été consommé en 1894, 3,150,000 tonnes de résidus qui équivalent à 4,800,000 tonnes de houille, soit à un tonnage supérieur à la production totale du Donetz.

Il est à prévoir que les prix n'augmenteront pas, ils auront très probablement une tendance à la baisse.

Les prix de vente actuels sont de 6 à 7 kopecks le poud, soit 9 fr. 72 c. à 11 fr. 34 c. la tonne; ils étaient tombés en 1891 à : 5^k,25 et 5^k,50 le poud, soit 8 fr. 70 c. à 8 fr. 91 la tonne.

COKE. — Il y avait dans le Donetz, au commencement de 1896 :

    1.352 fours à coke;

et   360   —   en construction,

soit, 1.712 fours à coke dont la puissance de production annuelle (*en tenant compte des fours éteints pour réparations*) est de 1,000,000 à 1,100,000 tonnes, chaque four, quel que soit le type, produisant 2 tonnes par vingt-quatre heures.

Or nous verrons que dans deux ou trois ans, la production de la fonte dépassera dans le Midi de la Russie 950,000 tonnes; elle absorbera alors la presque totalité de la fabrication; le Coke manquera pour les fonderies et autres industries qui emploient ce combustible.

Les prix auront donc une tendance marquée vers la hausse.

Le prix de vente actuel est de 13 à 14 kopecks le poud, soit 21 fr. 06 c. à 22 fr. 68 c. la tonne.

Le prix de revient étant de 13 fr. 50 c., le bénéfice par tonne sera de 7 fr. 56 c. à 9 fr. 18 c.

FONTE. — La production de fonte en Russie a été de :

    1.063.000 tonnes en **1893**
    1.217.000   »   **1894**
    1.469.000   »   **1895**

Elle a augmenté de 164,000 tonnes en 1894 et de 252,000 tonnes en 1895.

Cette augmentation est due au développement de la production dans l'Oural et surtout dans la Russie méridionale.

Le tableau suivant donne la production de cette dernière région depuis 1891.

NOMS DES USINES	1891	1892	1893	1894	1895
	tonnes	tonnes	tonnes	tonnes	tonnes
Pastoukofl	9.700	10.070	7.000	10.120	14.100
Hughes	80.000	98.700	120.000	150.000	171.000
Briansk`	82.000	94.300	85.000	117.000	153.000
Dniéprovienne . . .	68.000	75.000	68.000	123.000	154.000
Droujkovka	»	»	»	21.300	35.600
Krivoï-Rog	»	6.500	20.000	24.600	39.000
	239.700	284.570	300.000	446.020	566.700

Dans cette période le tonnage a passé de 240,000 à 566,000 tonnes ; il a plus que doublé.

Cette progression de la fabrication tend à s'accélérer rapidement ; en effet, il y avait dix-sept hauts-fourneaux dans la région au 1er Janvier 1895. Depuis cette époque deux ont été mis à feu, huit sont en construction ou le seront incessamment ; de plus l'Usine Hughes transforme trois de ses hauts-fourneaux pour porter leur production de 100 à 150 tonnes. Ces hauts-fourneaux seront capables de produire au moins 400,000 tonnes de fonte par an qui jointes à la production actuelle donneront au minimum 966,000 tonnes de fonte par année.

Dans l'Oural, la production a passé :

de 465.000 tonnes en **1894**

à 551.000 — **1895**

soit une augmentation de 86,000 tonnes.

Si ce mouvement d'augmentation continue, comme cela est probable, la production de la Russie dépassera dans peu de temps 2,000,000 de tonnes.

Lorsque les projets aujourd'hui connus seront exécutés, il y aura dans la Russie méridionale trente-deux hauts-fourneaux capables de produire annuellement au moins 1,280,000 tonnes de fonte.

Les importations des trois dernières années ont été de :

	1893	1894	1895
	tonnes	tonnes	tonnes
Fontes	160.650	155.000	133.000
Fers	87.500	242.000	250.000
Aciers	35.100	50.000	50.000
Ouvrages divers en fer	60.000	37.000	33.000
Machines	57.000	90.000	97.000

Si nous supposons qu'il faut 1,5 de fonte pour produire 1 de fer ou acier (*hypothèse qui n'est pas exacte, mais qui est admise par l'administration Russe*) nous trouvons que les fers et aciers bruts et ouvrés introduits, représentent en fonte :

Pour **1893** . . . . 349.400 tonnes.

— **1894** . . . . 625.500 —

— **1895** . . . . 645.000 —

qui jointes aux fontes entrées dans la même période donnent comme importation totale représentée en fonte :

Pour **1893** . . . . 510.050 tonnes.

— **1894** . . . . 780.500 —

— **1895** . . . . 778.000 —

Cette importation jointe à la production de la Russie donne pour la consommation :

De **1893** . . . . 1.570.000 tonnes.

De **1894** . . . . 1.997.000 —

De **1895** . . . . 2.266.000 —

Il est à remarquer qu'il a manqué à la Russie en 1895 une quantité de fonte égale à la moitié de sa production et au 1/3 de sa consommation.

La production sera prochainement, comme nous l'avons vu, supérieure à 2,000,000 de tonnes; elle atteindrait rapidement la consommation si cette dernière restait stationnaire; mais il en est autrement, les demandes ont augmenté de :

424.450 tonnes en **1894**

248.500 — **1895**

et les importations des premiers mois de 1896 sont supérieures de 11 °/₀ aux entrées de la même période de 1895.

La Russie a de grands besoins; elle a un vaste réseau de voies ferrées d'intérêt général à terminer (au 1ᵉʳ Janvier 1896 il restait plus de 10,000 verstes à achever sur les lignes décidées); elle va commencer la construction de chemins de fer vicinaux dont la création vient d'être décrétée. Il lui faut faire un matériel considérable pour les nouvelles lignes et compléter celui des lignes anciennes qui ne peuvent plus suffire au trafic actuel.

L'agriculture manque d'outils, elle sera, surtout lorsque les chemins vicinaux seront terminés, un des principaux facteurs de la consommation des métaux. Enfin, de nombreuses usines se fondent pour fabriquer les produits que la Russie achète aujourd'hui à l'étranger.

Il y a donc lieu de penser que la marche ascendante de la consommation se continuera encore longtemps, mais elle ne se fera au profit de l'industrie russe que si les tarifs de douane actuels sont maintenus. Ces tarifs sont presque prohibitifs et excluent la concurrence étrangère; à leur abri et grâce à la faiblesse des prix de transport, les fontes du Donetz parviennent facilement jusqu'à Pétersbourg.

Ces conditions économiques ont provoqué un mouvement industriel intense; sous son influence, vingt-quatre nouvelles Sociétés (la liste de ces usines est jointe à ce rapport), ont été constituées en 1895 et 1896 pour créer de grandes usines dont six de production métallurgique comprenant pour le moment huit hauts-fourneaux.

Malgré cet énorme développement, il ne paraît pas qu'il y ait pour le moment à redouter un excès de production, car, comme nous l'avons vu, lorsque les huit hauts-fourneaux nouveaux seront en feu, la production de fonte totale de la Russie sera encore inférieure à la consommation de 1895.

Il y a donc encore une large marge pour de nouvelles usines.

La Russie a importé en 1895 l'équivalent de 778,000 tonnes de fonte; il est à remarquer que la presque totalité de cette importation s'est faite sous forme de fer, acier, machines; que l'importation directe de fonte tend à décroître rapidement. C'est donc par la fabrication des produits dérivés de la fonte et non par la vente de celle-ci que les usines nouvelles doivent chercher à se faire une place sur le marché.

En 1894, il a été introduit 74,000 tonnes de tôles de fer, 14,000 tonnes de tôles d'acier, 110,000 tonnes de fers profilés et autres.

Ce sont ces produits qui manquent le plus à la Russie, ceux dont il faut développer la fabrication en substituant l'acier extra-doux au fer.

La puissance de production des rails paraît être aujourd'hui suffisante pour satisfaire à tous les besoins. Malgré la grande activité donnée à la construction des chemins de fer, l'importation a été insignifiante. Les usines du Donetz ont produit, en 1894, 150,000 tonnes de rails; la production de 1896 dépassera 200,000 tonnes.

Il ne faut pas se dissimuler que les usines nouvelles se trouveront dans une situation plus difficile que leurs aînées, elles devront par une position judicieusement choisie compenser cette infériorité et autant que possible s'établir sur des mines dont elles soient propriétaires.

D'après ce qui précède, nous pensons qu'il y a lieu d'établir une usine métallurgique dont le programme de fabrication serait le suivant :

Rails	22.000	tonnes ou	1.342.000 pouds.
Poutrelles	6.000	— ou	366.000 —
Gros laminés spéciaux. . .	6.000	— ou	366.000 —
Grosses tôles.	6.000	— ou	366.000 —
Tôles moyennes	2.000	— ou	122.000 —
Tôles pour voitures	2.000	— ou	122.000 —
Fers marchands et petits profilés	6.000	— ou	366.000 —
Total	50.000	tonnes ou	3.050.000 pouds.

Par la conformation de son terrain, la propriété de Biélaïa paraît se prêter à une heureuse disposition d'ensemble de l'usine; lorsque le plan topographique que nous avons demandé sera terminé, il sera facile d'orienter cette usine de telle façon que les matières suivent un même chemin sans retour en arrière de l'entrée à la sortie.

Cette usine pourra vraisemblablement être établie en cascade, c'est-à-dire que les hauts-fourneaux seront à mi-côte à une hauteur telle que le gueulard de chargement soit de plain-pied avec l'ouverture du puits et le sol des fours à coke; l'aciérie, les fours à réchauffer, les laminoirs, en dessous. Les manutentions diverses de matières premières seront ainsi réduites à leur minimum.

Lorsqu'on étudiera la disposition générale de l'usine, il ne faudra pas oublier qu'en Russie, en raison de la grande abondance de neige en hiver, les noues doivent être absolument prohibées.

Partant de là, nous pensons que la disposition générale des laminoirs, que nous décrivons ci-dessous, serait convenable à tous les points de vue.

Une halle principale contenant toutes les chaudières, machines-motrices, laminoirs, etc., desservie d'un bout à l'autre par un ou plusieurs ponts roulants de puissances variables, lesquels serviraient d'abord au montage, aux réparations et aux changements de cylindres de laminoirs.

L'ajustage et la fonderie pourraient être situés dans le prolongement de cette halle ou dans un bâtiment d'équerre à la halle principale.

Sur cette halle principale, à droite et à gauche, viendraient se souder les halles de laminage des divers trains (charpentes légères) avec les outils spéciaux afférents à chaque fabrication, et à l'extrémité de ces halles, du côté de la sortie des produits finis, on placerait les magasins des produits finis à expédier.

Une voie de chemin de fer aboutirait à chaque magasin, dans le sens de la longueur des bâtiments pour la facilité des chargements; on éviterait ainsi les manutentions de cour pendant l'hiver, les grandes chaleurs et la saison des pluies, manutention très onéreuse parce que les intempéries rendent la surveillance insuffisante.

C'est dans cet ordre d'idées que nous avons établi le prix probable d'installation du charbonnage et de l'usine métallurgique, que nous ferons suivre des prix de revient et bénéfices probables.

CAPITAL IMMOBILISÉ

Maisons d'employés et d'ouvriers	275.000	roubles.
Aménagement de la houillère	1.150.000	—
Haut-fourneau	1.000.000	—
Service hydraulique et alimentation	200.000	—
Aciérie Siemens-Martin (4 fours de 20 tonnes)	500.000	—
Train à rails et poutrelles	500.000	—
Grosse tôlerie	400.000	—
Moyenne tôlerie	200.000	—
Petites tôleries	100.000	—
Train marchand	150.000	—
Ajustage	100.000	—
Fonderie	50.000	—
Bureaux, laboratoires, magasins généraux	50.000	—
Voies diverses	150.000	—
Cylindres de laminoirs	400.000	—
Total	5.225.000	roubles.

ou encore 5,225,000 × 2 fr. 66 c. = 13.898.500 francs.

Soit en chiffre rond : **14,000,000** de francs.

USINES DE BIÉLAIA

Prix de revient des divers produits fabriqués à l'Usine.

Les divers prix de revient calculés et que nous donnons ci-après ont été établis sur une production annuelle de 50,000 tonnes, ou 3,050,000 pouds, dont :

Rails	22.000	tonnes ou	1.342.000	pouds.
Poutrelles.	6.000	— ou	366.000	—
Gros laminés spéciaux . . .	6.000	— ou	366.000	—
Grosses tôles.	6.000	— ou	366.000	—
Tôles moyennes	2.000	— ou	122.000	—
Tôles pour toitures.	2.000	— ou	122.000	—
Fers marchands et petits profilés	6.000	— ou	366.000	—

avec les prix de base suivants :

Charbon.	7 fr. 50 la tonne	ou	4 ^{k}, 5 le poud.
Coke	13 » 50 —	ou	8 ^{k}, 15 —
Minerai.	23 » » —	ou 14 ^{k}, » —

Sachant par expérience les difficultés que présente la mise en marche d'une grande usine à l'étranger, tous nos prix de revient ont été calculés très largement, en se tenant plutôt un peu fort. Nous estimons que lorsque l'usine aura un personnel bien formé, une fabrication bien régulière, elle arrivera à des prix de revient inférieurs à ceux qui vont suivre.

Prix de revient prévu du coke.

Houille, 4 kopecks 5 le poud.

Rendement, 68 %, soit :

$$1.450 \text{ kil.} \times 4,5 \dots\dots\dots\dots 6^k25_5$$
$$\text{Lavage} \dots\dots\dots\dots 0\ 50$$
$$\text{Fabrication et frais généraux} \dots 1\ 20$$

$$\text{TOTAL} \dots\dots\dots 8^k22_5$$

Le coke nous reviendra au plus à 8 kopecks 22_5 le poud, soit en comptant le rouble à 2 fr. 66 c. (cote fixe).

13 fr. 32_4, soit 13 fr. 50 c. la tonne.

NOTA. — Dans ce prix nous n'avons pas tenu compte de la vapeur produite par les flammes perdues des fours à coke, dont le gain viendra en déduction sur le prix de la fonte.

Notre projet d'installation comporte cette utilisation.

Prix de revient prévu de la Fonte.

Minerai de Krivoï-Rog. . .	1.666 kil. à 23f 00 . . . . . Fr.	38 32
Coke	1.000 — à 13 50	13 50
Castine	500 — à 1 00	0 50
Main-d'œuvre et entretien		8 00
Impôt sur la fonte (1 k. 5 par poud).		2 40

$$\text{TOTAL} \dots\dots \text{Fr.} \quad 62\ 72$$

La fonte nous reviendra au plus à 62 fr. 75 c. la tonne, ou encore à 38 kopecks 2 le poud.

Prix de revient de l'acier à rails sur sole Martin acide.

Fonte . . . .   820 kil. à 62ᶠ 75. . . . . Fr.   51 45

Riblons . . . .   150 — à 62 75. . . . . . .   9 41

Minerai . . . .   140 — à 23 00. . . . . . .   3 22

Spiegel . . . .   40 — à 300 00. . . . . . .   12 00

Silico-spiegel. . . . . .   25 — à 350 00. . . . . . .   8 75

    84 83

A déduire :

Lingotières usées . . . . . .   20 kil. à   4 50 = 0 90

Scraps. . . . .   70 — à 6 00 = 4 20

    5 10

TOTAL des matières premières. . Fr.   79 73

Houille. . . . .   550 kil. à   7ᶠ50 = 4 15

Main-d'œuvre 10 00

Entretien 5 00

Lingotières 4 00

Produits réfractaires 6 00

Fournitures diverses 0 25

    29 40

TOTAL. . . . . . . Fr.   109 13

L'acier à rails nous reviendra à 109 fr. 13 c. la tonne, ou encore à 66 kopecks le poud.

Prix de revient de l'acier pour tôles et profilés,
sur sole Martin basique.

Fonte	900 kil. à	62ʳ 75. . . . . Fr.	56 47
Riblons	150 — à	62 75.	9 41
Minerai	150 — à	23 00.	3 45
Spiegel	20 — à	300 00.	6 00
Ferro-manganèse	10 — à	650 00.	6 50
			81 83

A déduire :

Lingotières usées	18 kil. à 4 50 =	0 81
Scraps.	80 — à 6 00 =	4 80
		5 61

Total des matières premières. . Fr. 76 22

Houille	800 kil. à 7ʳ 50 =	6 00
Main-d'œuvre	10 00
Entretien	8 00
Lingotières.	4 00
Produits réfractaires.	6 00
Fournitures diverses.	0 25
		34 25

Total. . . . . . Fr. 111 67

L'acier pour tôles et profilés nous reviendra à 111 fr. 67 c. la tonne ou encore à 69 kopecks 5 le poud.

Prix de revient prévu des rails.

Lingots	1.180 kil. à	109ᶠ15. . . .	128 80

A déduire :

Rognures	150 — à	60 00. . . .	9 00

TOTAL des matières premières. . Fr.   119 80

Houille pour réchauffage. . . .	200 — à	7ᶠ50. . . .	1 50
— vapeur.	400 — à	7 50. . . .	3 00

Main-d'œuvre	5 00
Entretien	4 00
Cylindres	4 00
Pièces de rechange	2 00
Manutentions diverses.	1 00
Fournitures de magasin	1 00
Finissage et réception	5 00

TOTAL. . . . . . Fr.   146 30

Le rail nous reviendra à 146 fr. 30 c. la tonne ou encore à 89 kopecks le poud.

Prix de revient prévu des grosses tôles pour chaudières.

```
Lingots . . . . . . . . .    1.650 kil. à 111f70. .   184 30

             A déduire :

Rognures . . . . . . .       510 —  à  60 00. .    30 60
                                                   ———— 153 70
Houille pour réchauffage. . . . .    500 kil.
   —    —   recuit . . . . . . .     200 —
   —    —   vapeur. . . . . . .      400 —  à 7 50. . . . .      8 25
Main-d'œuvre . . . . . . . . . . . . . . . . . . . . . . .     22 00
Entretien . . . . . . . . . . . . . . . . . . . . . . . .      15 00

                                   TOTAL. . . . . . Fr.   198 95
```

La grosse tôle pour chaudières nous reviendra à 198 fr. 95 c. la tonne ou encore à **1** rouble 28 kopecks le poud.

———

Prix de revient prévu pour grosses tôles de construction.

```
Lingots . . . . . . . . .    1.500 kil. à 111f75. .   167 55

             A déduire :

Rognures . . . . . . .       450 —  à  60 00. .    25 50
                                                   ———— 142 05
Houille pour réchauffage. . . . .    400 kil.
   —    —   recuit . . . . . . .     200 —
   —    —   vapeur. . . . • . . .    400 —  à 7 50. . . . .      7 50
Main-d'œuvre . . . . . . . . . . . . . . . . . . . . . . .     ·20 00
Entretien . . . . . . . . . . . . . . . . . . . . . . . .      15 00

                                   TOTAL. . . . . . Fr.   184 55
```

La grosse tôle de construction nous reviendra à 184 fr. 55 c. la tonne, ou encore 1 rouble 12 kopecks le poud.

Prix de revient prévu pour tôles moyennes.

Lingots . . . . 1.400 kil. à 111ᶠ75. . 158 38

       A déduire :

Rognures . . . . 330 — à 60 00. . 19 80

                                           138 58

Houille pour réchauffage. . . . . 300 kil.

   —   — recuit . . . . 200 —

      — vapeur. . . . . . . 300 — à 7 50. . . . .   6 00

Main-d'œuvre 18 00

Entretien 14 00

                             TOTAL. . . . . . Fr. 176 58

La tôle moyenne nous reviendra à 176 fr. 58 c., ou encore à 1 rouble 07 le poud.

———

Prix de revient prévu pour tôles minces à toit.

REVIENT DES LARGETS

Lingots . . . . 1.150 kil. à 111ᶠ70. . 128 45

       A déduire :

Rognures . . . . 90 — à 60 00. . 5 40

                                         123 05

Houille pour réchauffage. . . . . 300 kil.

   —   — vapeur. . . . . . . 300 — à 7 50. . . . .   4 50

Main-d'œuvre 8 00

Entretien 5 00

                        REVIENT des Largets. . . Fr. 140 55

REVIENT DES TOLES MINCES A TOIT

```
Largets . . . . . . . . .      1.210 kil. à 140ᶠ55. .   170 06

          A déduire :
Rognures . . . . . . .         174 — à  60 00. .   10 44
                                                            159 62
Houille pour réchauffage. . . . .   250 kil.
    —      — recuit . . . . . . .   200 —
    —      — vapeur. . . . . . .    750 — à 7 50. . . . .      9 00
Main-d'œuvre . . . . . . . . . . .                           21 00
Entretien . . . . . . . . . . . . . . . . .                  15 00

                          Total. . . . . . Fr.    204 62
```

La tôle mince pour toiture nous reviendra à 204 fr. 62 c. la tonne, ou encore à 1 rouble 24 kopecks le poud.

Prix de revient prévu pour poutrelles.

```
Lingots . . . . . . . . .      1.180 kil. à 111ᶠ70. .   131 80

            A déduire :
Rognures . . . . . . . .       120 — à  60 00. .    7 20
                                                            124 60
Houille pour réchauffage. . . .    200 kil.
    —      — vapeur. . . . . .     400 — à 7 50. . . . .      4 50
Main-d'œuvre . . . . . . . . . . . . .                        6 00
Entretien . . . . . . . . . . . . . . . .                     4 00
Cylindres . . . . . . . . . . . . . . . .                     2 00
Manutentions diverses. . . . . . . . . . .                    1 00
Fournitures de magasin . . . . . . . . . . .                  1 00

                          Total. . . . . . Fr.    143 10
```

Les poutrelles nous reviendront à 143 fr. 10 c. la tonne, ou encore à 86 kopecks le poud.

Prix de revient prévu pour laminés spéciaux et gros fers marchands.

Lingots . . . . 1.200 kil. à 111ᶠ 70. . 134 04

       A déduire :

Rognures . . . . 145 — à 60 00. . 8 70

                                               125 34

Houille pour réchauffage. . . . . 400 kil.

  — — vapeur. . . . . . . 400 — à 7 50. . . . . 6 00

Main-d'œuvre 10 00

Entretien 5 00

Cylindres 4 00

Dressage et manutentions diverses 4 00

Fournitures de magasin 1 00

                                     Total. . . . . . Fr. 155 34

Les laminés spéciaux et gros fers marchands nous reviendront à 155 fr. 34 c. la tonne, ou encore à 94 kopecks le poud.

Prix de revient prévu pour petits profilés et petits fers marchands.

Lingots . . . . 1.200 kil. à 111ᶠ 70. . 134 04

       A déduire :

Rognures . . . . 145 — à 60 00. . 8 70

                                               125 34

Houille pour réchauffage. . . . . 400 kil.

  — — vapeur. . . . . . 400 — à 7 50. . . . 6 00

Main-d'œuvre 8 00

Entretien 5 00

Cylindres 3 00

Dressage et manutentions diverses 2 00

Fournitures de magasin 1 00

                                     Total. . . . . . Fr. 150 34

Les petits profilés et les petits fers marchands nous reviendront à 150 fr. 34 c., ou encore à 91 kopecks le poud.

RÉSUMÉ DES PRIX DE REVIENT

DÉSIGNATION DES PRODUITS FINIS	QUANTITÉS A FABRIQUER		REVIENT sans Frais généraux	FRAIS GÉNÉRAUX de l'Usine et VENTE	REVIENT — Frais généraux compris	PRIX de VENTE actuels	BÉNÉFICE par POUD	BÉNÉFICES TOTAUX de l'Usine sans déduction des charges sociales	OBSERVATIONS
	TONNES	POUDS	R.		R.	R.	R.	R.	
Rails	22.000	1.342.000	0 89	6 %	0 94$_3$	1 56	0 61$_7$	828.014 »	Le tableau indique
Grosses tôles : chaudières.	3.000	183.000	1 20	—	1 27$_2$	2 50	1 22$_8$	224.724 »	que le rail, malgré son
— — construction	3.000	183.000	1 12	—	1 18$_7$	2 25	1 06$_3$	194.529 »	prix de vente élevé,
Tôles moyennes	2.000	122.000	1 07	—	1 13$_4$	2 15	1 01$_0$	123.952 »	est le produit qui
Tôles pour toitures.	2.000	122.000	1 24	—	1 31$_4$	2 50	1 18$_6$	144.692 »	laisse le moins de bé-
Poutrelles	6.000	366.000	0 86	—	0 91$_2$	2 40	1 48$_8$	544.608 »	néfice.
Gros laminés et fers spéciaux . . .	6.000	366.000	0 94	—	0 99$_5$	2 »	1.00$_4$	367.464 »	
Petits profilés et petits fers marchands	6.000	366.000	0 91	—	0 96$_5$	1 80	0 83$_5$	305.610 »	
TOTAUX. . . .	50.000	3.050.000						2.733.593 »	

Le cours fixe du rouble étant de 2 fr. 66 c., les bénéfices en francs seront de : 2,733,593 × 2 fr. 66 c. = **7.271.357** fr. **38** c., soit de **145** francs environ par tonne de production.

Les analyses ci-dessous du Laboratoire de Denain nous parviennent au moment de signer ce rapport.

ANALYSES faites au Laboratoire de DENAIN

CHARBONS

NOMS DES COUCHES	MATIÈRES VOLATILES	CENDRES	SOUFRE	COKE $\%$	ASPECT DU COKE
GROUPE DU NORD Basnovlavnia { Tout-venant.	37.24	8.60	6.61	62.76	Légèrement boursouflé, aspect métallique.
Basnovlavnia { Menu . .	35.64	11.40	3.93	64.36	Très dur, aspect métallique.
Marie Sergiesvki.	40.32	3.10	2.81	59.68	Très dur, aspect métallique.
Almaznaïa	36.32	4.41	1.61	63.68	Très dur, aspect métallique.
Millionne . . { Toit . . .	41.20	3.10	2.10	58.80	Très dur, aspect métallique.
Millionne . . { Mur . .	36.40	12.60	2.13	63.60	Très dur, aspect métallique.
GROUPE DU SUD Perchine	28.00	1.80	0.98	72.00	Boursouflé.
Couche n° 3. { Échantillon pris à l'affleurement	36.00	3.80	0.72	63.00	Ne s'agglomère pas.
Coke de la couche Goliane.		12.00	1.27		Coke très dur, d'aspect métallique

MINERAIS ET CASTINES

ANALYSE FAITE SUR MATIÈRE DESSÉCHÉE A 100° CORPS DOSÉS	MINERAI de MANOULOWKA	CASTINE de MANOULOWKA	CASTINE de BIÉLAIA	OBSERVATIONS
Perte au feu	11.80	42.40	32.00	Le minerai de Manoulowka est très satisfaisant pour puddlage fin et pour fonte de Martin-basique.
Silice	14.22	2.30	26.50	
Alumine (soluble et insoluble)	1.45	0.31	0.78	
Chaux	1.20	53.50	39.20	Trop peu phosphoreux pour Thomas.
Magnésie	0.00	faibles traces	0.00	
Protoxyde de fer	» »	2.35	1.17	La castine de Manoulowka est excellente pour le minerai ci-dessous.
Peroxyde de fer	69.98	» »	» »	
Oxyde rouge de Mn	1.66	» »	» »	
Acide phosphorique	0.49	0.076	0.119	
Totaux . . .	100.80	100.936	99.769	La castine de Biélaia est de mauvaise qualité.
Fer	48 99	1.83	0.91	
Manganèse	1.20	» »	» »	
Soufre	» »	» »	» »	
Phosphore	0.213	0.083	0.052	

Ces analyses amènent les réflexions suivantes :

CHARBONS. — Elles confirment celles des aciéries de Mont-Saint-Martin, en ce qui concerne les matières volatiles, mais elles indiquent en plus une très forte proportion de soufre.

Cette proportion est toutefois notablement inférieure dans les couches du faisceau du Midi que dans celles du groupe du Nord, en effet :

La couche Perchine n'en contient que 0,98 %

    —   n° 3   —   0,72 %

et la couche Goliane doit en renfermer moins de 1 °/₀ puisque le coke provenant du charbon de cette veine en tient 1,27 °/₀. Un lavage soigné doit abaisser encore ces teneurs ; on peut donc admettre que le coke fabriqué avec le charbon de ce groupe ne sera pas trop sulfureux.

D'autre part, l'échantillon de la couche n° 3 a été pris à l'affleurement, à huit mètres de la surface ; à cette faible profondeur la houille est très humide, elle a perdu son pouvoir agglutinant. En exploitation régulière, la teneur en matières volatiles de cette veine sera certainement inférieure à 36 °/₀, elle se rapprochera de celle de Perchine. (Dans les analyses ci-dessus, l'eau n'a pas été séparée des matières volatiles.)

Le groupe des couches du Sud donnera donc du coke métallurgique de qualité convenable avec un rendement qui ne sera pas inférieur à 68 °/₀.

Pour le faisceau du Nord, les teneurs élevées en matières volatiles et en soufre excluent toute idée de fabrication de coke. Les charbons de ce groupe seraient excellents pour gazogènes si ce n'était leur teneur élevée en soufre.

Par un nettoyage bien fait on pourra diminuer la quantité du soufre, mais, si la réduction n'était pas suffisante, il faudrait abandonner la couche Basnoslavnia ou se résigner au lavage du gaz ; cette dernière opération compliquerait l'installation et augmenterait légèrement le prix de revient. Ce lavage pourrait d'ailleurs devenir indispensable si les couches n°ˢ 5, 6, 7, dont nous n'avons pas d'analyse étaient trop sulfureuses.

Les charbons inutilisables aux gazogènes peuvent être employés pour le chauffage domestique et, en prenant quelques précautions, pour la production de la vapeur.

Dans tous les cas, tous les produits de la mine devront être nettoyés avec le plus grand soin et ceux destinés à la fabrication du coke devront être lavés.

Cette installation de criblage, nettoyage et lavage, a été prévue dans les devis ci-dessus.

CASTINE. — La castine de Biélaïa dont l'analyse est ci-dessus, est inutilisable. L'échantillon a été pris à la base du terrain crétacé dans les bancs en contact avec le terrain houiller.

Il est probable que dans une formation aussi puissante il existe des assises de composition convenable. S'il en est autrement il faudra utiliser les calcaires du terrain houiller, soit ceux de la mine ou à leur défaut ceux des environs. (Les calcaires de Manoulowka sont de très bonne qualité.)

Dans ce cas le prix de revient de la fonte serait notablement grevé ; le relèvement du prix pourrait aller jusqu'à 4 à 5 francs par tonne, ce qui diminuerait le bénéfice prévu ci-dessus de 300 à 350,000 francs par an.

Cette perte pourrait être atténuée dans une certaine mesure par l'introduction d'une quantité plus ou moins grande de minerai du pays dans le lit de fusion.

Paris, le 18 Juillet 1896.

E. HARDY.   L. MICHOT.

ÉTAT ACTUEL DES USINES SIDÉRURGIQUES

DE LA RUSSIE MÉRIDIONALE

Usines *PASTOUKOFF*, à *Souline*
(Chemin de fer de Rostof - sur - le - Don à Voronéje)

Elles comportent :

1 haut-fourneau à l'anthracite;

1 fabrique de fer;

1 fonderie importante;

1 atelier de constructions mécaniques, etc.;

Des mines d'anthracite.

Le haut-fourneau a produit 10,120 tonnes de fonte en 1894, pour lesquelles il a consommé :

Minerais de Krivoï-Rog et minerais extraits sur place (15 à 20 %
de la charge). . . . . 15.711 tonnes.

Minerai de manganèse. . . . . 635 —

Scories de forges. . . . . 3.280 —

Fondants. . . . . 6.000 —

Anthracite . . . . 14.554 —

La production des usines à fer a été, en 1894 :

23,700 tonnes ébauchées;

7,000 — fers finis, profilés, rails de mine.

Ces usines sont situées à 695 verstes de Krivoï-Rog, où elles prennent la majorité des minerais nécessaires. .

Usines NOVOROSSISK (Usines Hughes), à Yousovka
(Chemin de fer Ekaterine)

Ces usines, les plus importantes de la Russie méridionale, ont été commencées en 1872.

Elles comportent :

> 5 hauts-fourneaux de grandes dimensions ;
> Des fours Siemens-Martin ;
> Des laminoirs à rails ;
> 1 fabrique de fer ;
> 457 fours à coke ;
> Des houillères importantes (500,000 tonnes en 1894).

Elles occupent :

> Aux mines : 2,500 ouvriers ;
> Aux usines : 5,000 ouvriers.

On se propose d'y construire à bref délai :

> 2 nouveaux hauts-fourneaux et 1 Bessemer.

Ces usines ont produit en 1894 :

> 150,000 tonnes de fonte ;
> 500,000 — de charbon ;
> 250,000 — de coke ;
> 59,000 — de rails d'acier ;
> 5,000 — environ de fers finis.

Usines de BRIANSK, à Ekaterinoslaw.

Ces usines, commencées en 1885, ont été mises en marche en 1887.
Elles comportent :

> 4 hauts-fourneaux à grande production ;

1 aciérie Bessemer (2 cornues de 10 tonnes);

4 fours Siemens-Martin;

24 fours à puddler, 3 pilons, 1 train;

1 train universel; 1 train à gros fer, 1 train à fers moyens et
3 trains à petits fers pour le laminage du fer.

Le laminage de l'acier comporte 6 fours Bicheroux pour la fabrication,
2 fours Siemens pour les lingots à tôles, 2 trains à rails et tôles.

Elles occupent 3,756 ouvriers.

Ces usines ont produit en 1894 :

Fonte	117.000	tonnes.
Fers et aciers profilés	17.000	—
Rails	64.400	—
Plats, éclisses	6.200	—
Coke	60.100	—

Elles reçoivent les minerais de Krivoï-Rog. . . .	150	verstes.
— les fondants du bassin du Donetz .	300	—
— les charbons et le coke (même bassin)	375	—

Les charbons destinés à la fabrication du coke sont lavés.

Usines de la Société *DNIÉPROVIENNE*, à *Kamenskoïe*

(32 verstes d'Ekaterinoslaw)

Ces usines, fondées par la Société Cockerill, ont été mises en marche
en 1889.

Elles comportent :

2 hauts-fourneaux de 360^{m3} ;

1 — de 375^{m3} ;

1 haut-fourneau de 124^{m3} ;

1 aciérie Bessemer de 2 cornues de 8 tonnes ;

4 fours Siemens-Martin ;

1 four Schönwalder à 2 régénérateurs ;

1 fabrique de fer ;

Des laminoirs à rails, bandages, essieux, tôles fortes et tôles fines, à profilés et larges plats, des fours à coke, des mines de houille.

La fabrique de fer comporte :

9 fours ordinaires à puddler sans soufflerie ;

1 four avec régénérateur et à vent soufflé ;

2 fours doubles système Pietzka.

La production mensuelle du fer puddlé est de 1,500 à 1,600 tonnes. Elle comporte encore trois trains à gros fers, fers moyens et petits fers, et 6 fours à réchauffer.

L'usine d'élaboration des lingots comporte :

2 fours Bicheroux ;

5 pilons de 2 à 15 tonnes ;

1 Blooming (mis en marche en 1895) ;

1 train à rails ;

1 — à bandages ;

1 — à essieux et profilés ;

1 — universel ;

1 — à fortes tôles et à tôles minces.

La production par mois est de :

2,000 à 2,300 bandages ;

5,000 tonnes de rails ;

700 tonnes de tôles fortes ;

180 tonnes de tôles minces.

Ces usines ont produit en 1893 :

Matières premières	Coke	95.000	tonnes.
	Fonte	85.600	—
	Spiegel	5.300	—
	Acier Bessemer	49.000	—
	— Martin	32.300	—
	Fers puddlés	13.000	—
Produits finis	Rails d'acier	40.000	—
	Bandages	4.450	—
	Tôles	12.600	—
	Fil de fer	200	—
	Profilés et fers finis	13.900	—
	Aciers profilés, aciers, etc.	6.400	—
	Fonte moulée	5.360	—

Elles reçoivent en outre du bassin du Donetz 70,000 tonnes de coke.

Elles reçoivent les minerais de Krivoï-Rog (150 verstes), 80 °/₀ de castine du bassin du Donetz et 20 °/₀ de Krivoï-Rog, la dolomie du bassin du Donetz.

Elles occupent 3,625 ouvriers.

Forges et Aciéries du DONETZ, à Droujkovka

(Chemin de fer de Koursk-Karkof-Azof)

Ces usines, commencées en 1893, comportent :

1 haut-fourneau (mis à feu le 12 Mai 1894). Ce haut-fourneau produit actuellement 150 à 160 tonnes de fonte par jour ;

8 tuyères de 180 $^m/_m$, pression du vent 50 $^c/_m$ de mercure, température du vent 600 à 650°.

On commence la construction d'un deuxième haut-fourneau qui devra produire 250 à 300 tonnes de fonte par jour; la soufflerie donnera du vent à 70 $^c/_m$ de mercure;

1 fonderie Bessemer (3 cornues de 10 tonnes);

1 laminoir à rails:

1 fonderie, 1 ajustage;

1 chaudronnerie;

1 batterie de 48 fours à coke.

On étudie l'établissement d'une tôlerie.

La production de fonte en 1894 a été de 21,300 tonnes.

Le Bessemer et le laminoir ont été mis en marche au commencement de l'année 1895.

Production des Usines sidérurgiques de la Russie méridionale en 1894

DÉSIGNATION des USINES	FONTE	FERS		ACIERS	
		ÉBAUCHÉS	FERS FINIS, PROFILÉS, PLATS, TOLES	LINGOTS	PROFILÉS, RAILS, ESSIEUX, BANDAGES
	tonnes	tonnes	tonnes	tonnes	tonnes
Usines de Souline	10.120	23.380	6.000	»	»
— de Novorossisk . .	150.000	12.380	7.000	85.350	59.000
— de Briansk	117.000	14.250	9.400	80.000	64.400
Dniéprovienne.	123.000	16.700	15.160	96.400	74.400
Droujkovka.	21.300	»	»	»	»
Krivoï-Rog	24.500	»	»	»	»
	446.060	66.710	37.560	261.750	198.800

Production sidérurgique de la Russie en 1895

(D'après le *Messager des Finances* du 5-17 Mai 1896)

DISTRICTS USINES	FONTE	FERS FINIS	ACIERS	
			LINGOTS	FINIS
	tonnes	tonnes	tonnes	tonnes
I. Saint-Pétersbourg	»	41.000	111.700	94.100
Pontiloff	»	9.300	88.700	76.100
Newski	»	4.000	7.000	6.600
Herbertz et Cie	»	27.700	»	»
Alexandrovski	»	»	16.000	11.400
II. Oural	551.000	254.000	93.000	54.000
Demidoff	82.000	21.000	46.000	31.000
Beloserski-Beloserski	15.600	2.000	23.000	16.500
III. Moscou	126.000	46.300	94.600	60.000
Andronovski, etc	»	4.000	26.600	15.500
Briansk	11.000	7.600	39.000	29.000
IV. Midi	565.000	42.000	315.000	257.000
Pastoukoff	14.100	7.800	»	»
Hughes	171.000	8.600	87.700	67.800
Briansk	153.000	15.000	86.900	77.800
Dniéprovienne	154.000	10.200	115.000	90.700
Ac. Donetz (Droujkovka)	35.600	»	24.800	20.500
Krivoï-Rog	39.000	»	»	»
V. Pologne	190.000	65.500	156.000	107.000
Huta-Bankova	73.000	1.700	97.500	78.000
Catherinenhutte	23.000	19.600	7.400	»
Ostrovietz	27.000	6.100	35.600	21.000
Sibérie	9.000	5.000	»	»
Finlande	25.000	10.000	»	2.000
TOTAL	1.469.000	465.000	770.000	574.000

ÉTAT DES SOCIÉTÉS MÉTALLURGIQUES

ET MINES MÉTALLIQUES DU DONETZ

New Russian Iron Cy (Novorossisk à Youvoso). — Société anglaise, créée en 1869, approuvée le 18 Avril 1869.

Capital
{ Actions. . . . . 300.000 livres.
{ Obligations . . . . . . 310.000 —

Société anonyme des Minerais de fer de Krivoï-Rog. — Constituée à Paris en Décembre 1880.

Capital
{ Actions. . . . . 5.000.000 de francs.
{ Obligations . . . . . . 1.000.000 —

Société Métallurgique Dniéprovienne du Midi de la Russie. — Société russe créée en 1886 par des capitalistes belges et russes.

Capital
{ Actions. . . . . 5.000.000 roubles.
{ Obligations . . . . . . 2.500.000 roubles crédit.

Société des Forges et Aciéries du Donetz. — Société russe, créée en 1891 avec des capitaux français.

Capital : 3.000.000 de roubles or, en actions.

Société anonyme des Usines de Doubovaïa Balka. — Constituée à Paris en Août 1892.

Capital actions : 2.500.000 francs.

Société Métallurgique Russo-Belge de Volintsevo. — Société anonyme russe, approuvée le 2/14 Juin 1895.

Capital actions : 8.000.000 de roubles crédit.

Société des Hauts-Fourneaux de Toula. — Société anonyme belge, constituée le 2 Octobre 1895.

Capital actions : 5.000.000 de francs.

Société Métallurgique de Taganrog. — Société russe, capitaux belges, créée en 1895.

Capital actions : 3.000.000 de roubles or.

Société des Hauts-Fourneaux et Usines de l'Olkovaïa, à Ouspensk. — Constituée le 4 Avril 1896.

Capital : 3.125.000 francs.

LAMINOIRS — FONDERIES — ATELIERS

Société Russe pour la Fabrication des Tubes (Chaudoir et Cie), à Ekaterinoslaw. — Constituée en 1891, au capital de 600.000 roubles; portée récemment à 1.200.000 roubles crédit pour y annexer une aciérie Siemens-Martin et des laminoirs.

Ateliers de Construction de Debaltsevo. — Société russe au capital de 300.000 roubles, portée à 1.000.000 de roubles crédit en 1895 avec l'intervention de capitalistes belges.

Compagnie Métallurgique d'Odessa. — Société anonyme belge, constituée à Bruxelles le 13 Avril 1895.

Capital : 1.300.000 francs.

Société Métallurgique d'Estampage du Donetz, près d'Ekaterinoslaw. — Société anonyme belge, constituée le 22 Mai 1895.

Capital : 1.250.000 francs.

Société des Constructions mécaniques du Midi de la Russie. — Société française, créée à Paris en Juin 1895.

Capital : 4.000.000 de francs (Bouhey).

Ateliers d'Ekaterinoslaw (Franco-Russes). — Société anonyme belge, constituée le 26 Juin 1895.

Capital : 2.500.000 francs.

Forges et Aciéries d'Ekaterinoslaw. — Société anonyme belge, constituée le 2 Août 1895.

Capital : 2.500.000 francs.

Boulonneries Franco-Russes à Ekaterinoslaw. — Société anonyme belge, constituée le 4 Septembre 1895.

Capital : 1.000.000 de francs.

Chantiers navals, Ateliers et Fonderies de Nicolaïef. — Société anonyme belge, constituée le 25 Septembre 1895.

Capital : 12.000.000 de francs.

Ateliers et Chaudronnerie de Taganrog. — Société en commandite belge (Albert Nève, Wilde et Cⁱᵉ), constituée le 8 Novembre 1895.

Capital : 2.500.000 francs.

Ateliers de Kharkoff. — Société anonyme belge, constituée le 9 Novembre 1895.

Capital : 1.000.000 de francs.

Ateliers de Construction de Soumy. — Société anonyme belge, constituée le 1ᵉʳ Février 1896.

Capital : 1.620.000 francs.

Ateliers à Tchekoff, près Soumy.

Laminoirs à Tôles et à Tubes Paul Lange, à Ekaterinoslaw. — Société germano-russe créée au début de 1896.

Émailleries et Lampisteries de Lougansk. — Société anonyme belge, constituée à Liège le 18 Février 1896.

Capital : 1.500.000 francs.

Société anonyme des Ateliers de Construction de Gorlofka. — Société belge, constituée le 18 Avril 1896.

Capital : 2.000.000 de francs.

Cette usine marchera en partie l'année prochaine ; elle s'installe pour produire annuellement 2,000 wagons ; elle fera tout elle-même.

———————

INDUSTRIES CHIMIQUES

Société Lubimoff, Solvay et Cie pour la Fabrication de la Soude. — Société anonyme russe exploitant l'usine de Béresniki, sur la Kama, fondée en 1881, et celle de Lissitchansk, dans le Donetz, fondée en 1892.

Capital : 3.000.000 de roubles.

Société des Ciments d'Odessa. — Société anonyme belge, constituée le 15 Avril 1895.

Capital : 1.500.000 francs.

Société des Verreries du Donetz (Verres à vitres), à Santourinowka. — Société anonyme belge, constituée le 28 Décembre 1895.

Capital : 2.000.000 de francs.

Société Nadine (Produits réfractaires du Donetz), à Constantinofka. — Société anonyme russe, capitaux belges, constituée en 1895.

Capital : 1.000.000 de francs.

Société des Produits réfractaires de Tchaplino. Chemin de fer Catherine. — Société anonyme belge.

Capital : 1.400.000 francs.

Société des Produits réfractaires de Wladzimirowka. — Société anonyme belge, constituée le 15 Février 1896.

Capital : 1.000.000 de francs.

CHARBONNAGES

Société Minière et Industrielle Française, à Routchenko, fondée en 1872.

Capital : 20.000.000 de francs.

Société d'Industrie Houillère de la Russie Méridionale, à Gorlofka. — Société russe, constituée le 9 Avril 1872 et puissamment développée à partir de 1891 avec intervention d'un groupe français.

Capital { Actions . . . . 6.800.000 francs.
{ Obligations . . . . . 9.800.000 —

Société Franco-Russe des Houillères de Berestov. — Constituée en Mars 1893.

Capital : 2.400.000 francs.

Société Belge pour l'Exploitation des Charbonnages du Centre du Donetz, à Almaznaïa. — Constituée le 24 Août 1894, reconnue le 26 Janvier 1896.

Capital : 6.000.000 de francs.

Société de l'Industrie Houillère et Métallurgique dans le Donetz, à Makuska. — Société russe, constituée à Bruxelles le 14 Janvier et sanctionnée le 11 Juillet 1895.

Capital { Actions. . . . . 10.000.000 de francs.
{ Obligations . . . . . 10.000.000 —

Société Minière d'Ekaterinoslaw. — Constituée par un groupe franco-russe au début de 1895.

Capital : 1.500.000 francs.

Société Belge des Charbonnages de Prokhorow. — Constituée le 14 Mars 1895, reconnue le 20 Décembre 1895.

Capital { Actions. . . . . 8.000.000 de francs.
{ Obligations . . . . . 1.500.000 —

Société Industrielle, Charbonnière et Métallurgique du Bassin d'Ouspensk. — Société anonyme russe, créée avec des capitaux belges en Septembre 1895. *(Statuts à l'Instruction).*

Capital : 11.000.000 de francs.

Société Française des Sels Gemmes et Houillères de la Russie Méridionale. — Constituée en Juin 1883, pour l'exploitation du sel gemme de Bachmont ; a acquis en 1895, les concessions houillères de Chtcherbinofka et de Nelepofka, pour lesquelles elle a émis de nouvelles actions jusqu'à concurrence de 10.000.000 de francs, ce qui porte le capital à 20.000.000 de francs.

Société anonyme Belge des Charbonnages de Biélaïa. — Constituée le 11 Décembre 1895.

Capital : 3.300.000 francs.

Société anonyme Belge des Charbonnages de Varvaropol. — Constituée le 21 Décembre 1895.

Capital : 4.000.000 de francs.

Société anonyme Belge des Charbonnages de Lougansk, à Mariefka. — Constituée le 21 Décembre 1895.

Capital : 2.700.000 francs.

1507. — Imprimerie Vᵉ Éthiou Pérou, rue de Damiette, 2, 4 et 4 *bis*.

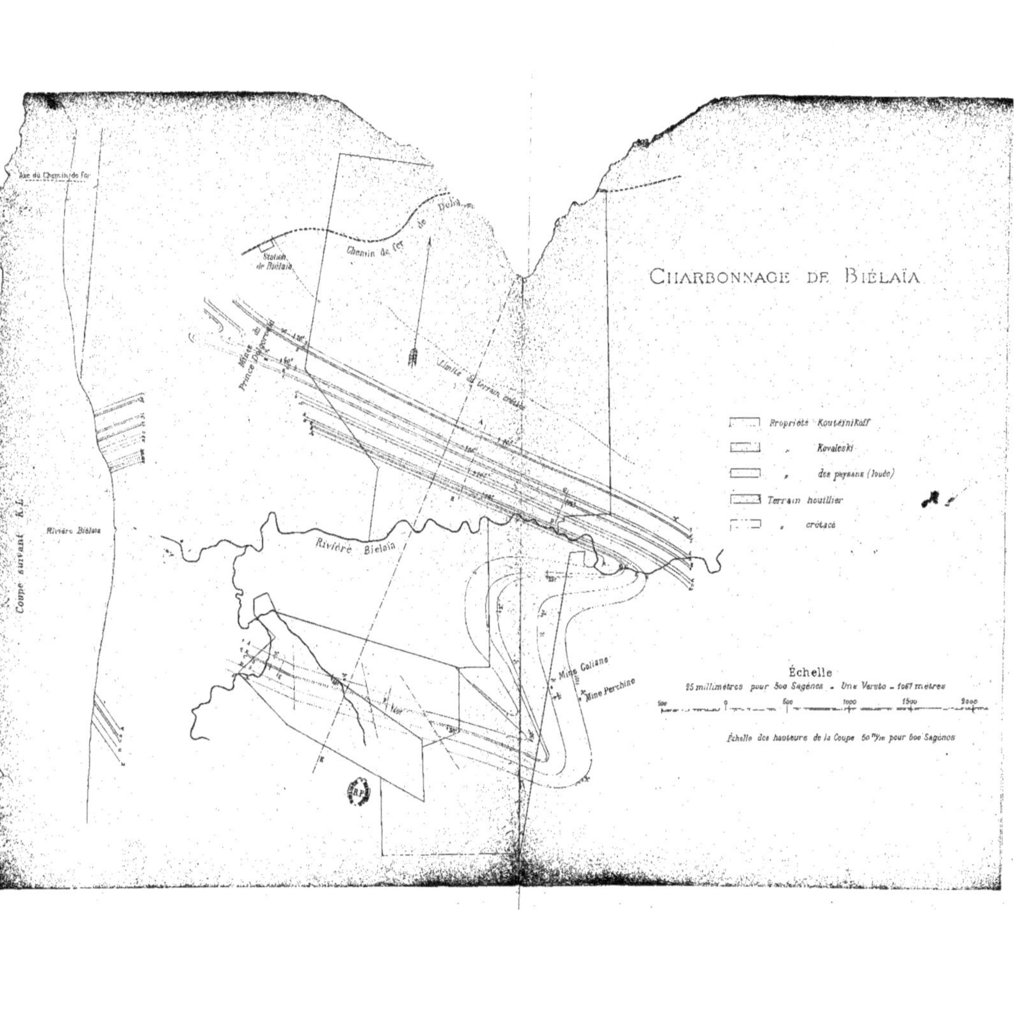

CHARBONNAGE DE BIÉLAÏA
Axe du Chemin de Fer
Station de Biélaïa
Chemin de fer de Doub...
Limite du terrain crétacé
Mine Prince Paskévitch
Rivière Biélaïa
Coupe suivant K.L.
Rivière Biélaïa
Mine Galiane
Mine Perchine
Propriété Koutéïnikoff
,, Kovaleski
,, des paysans (louée)
Terrain houillier
,, crétacé
Échelle
25 millimètres pour 500 Sagènes — Une Versto = 1067 mètres
500 0 500 1000 1500 2000
Échelle des hauteurs de la Coupe 50 m/m pour 500 Sagènes